Furio Cucini

I calzini bucati

(una storia plausibilmente vera)

Titolo | I calzini bucati
Autore | Furio Cucini
In copertina La *Giulio Cesare* e la gemella *Cavour* in navigazione

ISBN | 979-12-21467-88-8

Youcanprint
Via Marco Biagi 6 - 73100 Lecce
www. youcanprint. it
info@youcanprint. it
Made by human

La sconfitta reclama ad alta voce perché esige spiegazioni; mentre la vittoria, come la carità, nasconde un gran numero di peccati.

Alfred T. Mahan

Ai miei figli e a mia moglie

Prefazione

Questo libro, non ha le velleità di una trattazione storica, non ha prove inconfutabili da portare per raccontare un fatto storico.

Vorrebbe essere un romanzo d'azione e d'avventura, poggiando le sue basi su un fatto reale del passato.

Sono stato da sempre affascinato dal mistero dell'affondamento della corazzata italiana *Giulio Cesare*, in parte perché appassionato di storia militare, in particolare italiana, in parte perché stupito dal coraggio e fedeltà ad un ideale degli uomini che forse, dico forse, compirono quell'azione.

Essendo io stesso, un ex ufficiale dell'esercito, non posso non pensare ai rischi, sia per chi" forse" compì questa azione che per l'Italia, che si sarebbe trovata di fronte, in caso di fallimento, ad un atto di guerra in tempo di pace, contro una superpotenza quale l'Unione Sovietica.

La versione ufficiale russa attribuisce il disastro all'esplosione di una mina tedesca della seconda guerra mondiale non bonificata nell' opera di sminamento del porto, eseguita, a guerra finita.

Molti esperti sia russi,sia italiani che occidentali, hanno fatto notare sinistre coincidenze, che gettano un'alone di mistero sulla vicenda.

L'azione venne eseguita la notte del 28 ottobre 1955, alcuni hanno ricordato che questo era un anniversario della Marcia su Roma.

Le mine tedesche dopo 10 anni erano inoffensive per la sopravvenuta inefficienza dei detonatori, inoltre la bonifica del porto era stata accurata, tant'è che se di mina si trattò, rimase ben nascosta per 10 anni, senza causare incidenti, risvegliandosi poi inusitatamente .

Gli incursori della Decima avevano giurato di vendicare l'onta della consegna delle nostre navi all'Urss e singoli individui avevano tentato di affondare la nave prima della partenza per la Russia.

Le modalità dell'attentato, lo squarcio imponente sotto la prua, ricordavano le azioni del gruppo Gamma della Decima. Inoltre la doppia esplosione ha fatto pensare che la nave sia stata minata, in Italia, prima della consegna.

Quindi il posizionamento della carica magnetica sotto lo scafo sarebbe stato non casuale, essendo pensato per far brillare la carica principale, occultata sulla nave.

E' una vicenda molto intrigante, benché tragica.

Lo scopo di questo libro è di far conoscere alle giovani generazioni alcuni episodi della nostra storia recente, che i più ignorano.

Pur con il rischio di scadere nella retorica, sia nel testo principale che qui, voglio ricordare gli ideali di onore, coraggio e amor di Patria che hanno animato tanti giovani italiani, nella fornace delle due guerre e anche a guerra finita.

Io non posso dire se siamo stati noi a colpire la *Giulio Cesare*, ma non posso dire neanche il contrario.

Questo romanzo, di fantasia, si propone di destare interesse verso quei giovani che erano nati nel momento sbagliato (o giusto?) e hanno dovuto sacrificare le loro vite in battaglia.

Un pensiero, ovviamente, va ai 600 e passa morti causati da questo incidente, sia che sia stato causato da una mina sia che sia stato causato dagli italiani. Alle loro famiglie ed alla vita che non hanno potuto vivere, una sentita vicinanza nel cordoglio.

Colle di val d'Elsa 18/04/2023

Il padrone sembrava arrabbiato e forse imprecava, ma non in spagnolo, e nemmeno nella sua lingua. Che fosse quello il tedesco?

Il trambusto aveva richiamato il ragazzo fino alla camera da letto blu, la terza del piano nobile: grida di legno cresciuto che stride uscendo e rientrando nelle guide, e tonfi, e frasi incomprensibili. Dalla soglia lo aveva visto che apriva un cassetto dopo l'altro. Sul letto di destra una borsa di pelle, ma non di quelle grandi, da viaggio: era il borsino che la señora usava per la sua toeletta quando andavano via per qualche giorno.

Però nessuno aveva parlato di un viaggio.

«Siete in partenza?»

Il padrone non aveva risposto. Era tardi e lui era sbarbato e pettinato, ma ancora in mutande e canottiera. Faceva su e giù per la camera.

«Posso fare qualcosa per voi?»

«Sì, aiutami a trovare i calzini. »

«Uscite ora?»

Lo chiese perché era tardi, e il sole era già alto, mentre di solito lo vedeva uscire poco dopo l'alba. Magari non stava andando all'Accademia, forse stava partendo per uno dei suoi viaggi di cui nessuno sapeva mai nulla.

Del resto, quando partiva, il Comandante non si prendeva certo la briga di avvisare, sia che stesse lontano un giorno solo, sia diversi mesi.

«Dove è andato?» chiedeva lui alla mamma.

«Fatti gli affari tuoi e va' a prendere il rastrello, asino che non sei altro. »

Col tempo, il ragazzo aveva imparato a non fare domande anche perché, nei pochi casi in cui ci aveva provato, gli erano arrivati gli insulti della madre e soprattutto le risatine delle señoritas. Aveva già compiuto quindici anni ma, per via della sua costituzione fisica, loro lo consideravano comunque un fanciullo e come tale lo trattavano prendendo in giro lui e la sua curiosità.

Juanito non era curioso: era affascinato dalla forza che emanava il suo padrone, una forza senza pari, e dai suoi libri che non teneva in biblioteca, ma direttamente nella camera blu, libri che parlavano delle stelle, delle leggi della natura, di storia antica e recente. E poi c'erano i misteri e i viaggi segreti. Anche perché in chiesa dicevano che in teoria non avrebbe potuto lasciare il paese, visto chi era stato durante la guerra. Eppure da quando lui aveva cominciato a lavorare alla casa, il Comandante era già stato all'estero almeno una ventina di volte, tra cui una che lo aveva tenuto via più di sei mesi, subito dopo la seconda o la terza visita di un personaggio così importante che ogni volta le señoritas avevano dovuto tirar giù le tende dai saloni e dalle camere, per lavarle e stirarle, e poi lucidare anche tutti gli argenti, compresi quelli chiusi negli armadi.

Il parroco gli aveva perfino detto di non parlarci, col Comandante, di limitarsi a fare il suo dovere, buongiorno e buonasera, a meno di non voler correre il rischio di parlare con un rifugiato.

Rifugiato, allora, voleva dire nazista, o criminale di guerra, o farabutto, o tutte e tre. Ce n'erano a decine, di rifugiati, se non centinaia o forse migliaia che erano venuti a vivere in Argentina, sfuggiti al dopoguerra e alla conta dei rispettivi crimini. Gente che aveva ucciso migliaia di persone, e fatto cose orribili, diceva il parroco, ma il Comandante era gentile, chiedeva sempre *Por favor* e non si scordava mai di ringraziarlo. Conosceva il suo nome, addirittura, e anche quello di buona parte della servitù. Non poteva essere stato un criminale, anzi, doveva essere un eroe, o esserlo stato, per forza.

Le donne erano al piano di sotto, nelle cucine, la señora era fuori.

Il ragazzo aveva risposto che poteva pensare lui alla valigia del padrone, ammesso gliene servisse una, anche se quello non era il suo compito, lui di solito badava ai giardini e lavava l'automobile. Era malato, di più non poteva fare. Fin da piccolo respirava male per colpa di un torace tanto stretto da non farci star dentro due polmoni veri.

Chissà dov'erano i calzini del padrone.

Avrebbe potuto scendere al piano di sotto a chiamare una delle señoritas, ma per una volta che il Comandante domandava qualcosa proprio a lui, sarebbe stato ben stupido a tirarsi indietro. In effetti Juanito lo venerava, il Comandante: da quando era arrivato nella casa, tre anni prima, ancora attaccato alle sottane della madre, non lo aveva mai sentito alzare la voce o le mani, cosa che gli altri padroni facevano spesso e volentieri, anche per sfizio, né lo aveva mai visto uscire dalla camera blu dopo le quattro del mattino.

Appena sveglio, il Comandante andava fuori nel patio a fare ginnastica fino alle sei: si lanciava a terra da in piedi e subito scattava verso l'alto con un salto per poi tuffarsi di nuovo e ricominciare. Poi si attaccava alla sbarra di ferro del porticato e si sollevava come se non pesasse nulla, dieci, venti, cento volte, e poi di nuovo a terra, a strisciare avanti e indietro dal portico al pozzo nella polvere di luglio e nel fango di dicembre, a volte tirandosi dietro una grossa tanica piena di acqua, un quintale se non due, che teneva nella casetta degli attrezzi. Sulle pietre del patio, e sulla terra rossa del cortile, estate e inverno, che piovesse o fosse bel tempo, il Comandante sembrava un pesce, non un uomo.

Lui a quell'ora aveva ancora gli occhi impastati dal sonno, ma lo seguiva incantato e ogni tanto, quando non c'era nessuno in giro, provava a imitare i suoi gesti anche se non avrebbe dovuto: coi suoi polmoni, il respiro gli mancava subito, soprattutto negli ultimi mesi perché la malattia, diceva il dottore della città chiamato dal señor apposta per visitare lui, si era aggravata.

Non riusciva a credere come un uomo che aveva più del doppio dei suoi anni, e sicuramente il doppio del suo peso, riuscisse a fare quello che faceva lui, e soprattutto a farlo senza morire di crepacuore dopo mezzo minuto.

Del resto il Comandante era l'uomo più forte che Juanito avesse mai incontrato, così forte che pur essendo straniero - e forse rifugiato - era lui ad addestrare la valorosissima Accademia di Marina del paese, quella che, se Juanito non fosse nato storto di polmoni, e da una famiglia con meno debiti della sua, gli sarebbe tanto piaciuto frequentare.

«Aspettate» gli disse guardando in giro sperando di indovinare dove potessero essere le cose che servivano al suo padrone finché gli venne in mente una delle señoritas che piegava i panni in un cesto di vimini nella cucina. Era sicuro di averci visto in mezzo la bella biancheria della señora e forse, quindi, di poterci trovare anche i calzini del Comandante.

Corse fuori dalla camera da letto blu e raggiunse le cucine. Le donne erano prese a tagliare via fette di carne da un agnello macellato due giorni prima e a blaterare delle solite stupidaggini. Vide il cesto e lo raccattò filando via veloce come il vento prima che quelle si accorgessero di lui. Troppo veloce, di sicuro, tant'è che fare le scale si era poi rivelato un incubo.

Trentatré gradini più tardi, mentre il ragazzo gli porgeva due paia di calze stirate, piegate, e incappucciate, il Comandante aveva già risolto. Sotto di lui, svuotata sul letto di destra, c'era una sacca militare il cui contenuto sembrava preso dalla spazzatura.

Il padrone sembrava raggiante.

«Volevo proprio questi!» disse, indicando un groviglio di lana grigia e spessa e piena di buchi. Rideva, il Comandante, non con la voce, ma con gli occhi sì.

Il ragazzo provò a dire qualcosa ma gli mancava ancora l'aria.

«Siediti, Juanito, voglio raccontarti una storia.»

La poltrona no, il letto figuriamoci: il ragazzo rimase in piedi ancora qualche secondo col cuore in gola mentre le pareti della camera blu gli giravano intorno e poi decise per il tappeto.

Ti voglio raccontare una storia di coraggio e sacrificio. La storia di una giovane Marina militare che si dovette misurare con una impresa forse più grande di lei. Ti voglio raccontare la storia della Regia Marina Italiana nella seconda guerra mondiale. In particolare di una possente nave da guerra, battezzata con il nome di un grande condottiero, che ebbe una sorte simile alla sua , la corazzata *Giulio Cesare*. All'inizio della guerra, nella quale l'Italia era stata obbligata a entrare nel momento peggiore , la nostra Marina aveva solo due corazzate in servizio, le classe *Cavour*. Ottime navi, rimodernate pochi anni prima,

29. 000 tonnellate di stazza, la *Cavour* e la gemella *Giulio Cesare* erano spettacolari. Con solo queste due corazzate, in attesa delle potentissime classe *Littorio*, che erano in costruzione, la Regia Marina cercò di fare il possibile e l'impossibile. La giovane Regia Marina, dovette scontrarsi con la Marina più famosa del globo, la blasonata e antica Royal Navy.

Il primo a versare il sangue in questa guerra fu il valoroso comandante Baroni che affondò con il caccia *Espero*, in un impari confronto con cinque incrociatori inglesi, incontrati in mare per sfortuna mentre portava rifornimenti in Africa del nord. L'*Espero* si difese disperatamente, facendo sparare una enorme quantità di colpi agli inglesi e combattendo fino a che affondò con metà equipaggio e con il comandante Baroni in

plancia. Il suo sacrificio permise ad altri due caccia, *Ostro* e *Zeffiro* di disimpegnarsi e giungere in
Libia indenni.

Questo sarebbe stato il preludio di come , durante tutta la guerra, la Regia Marina si sarebbe
sacrificata per far giungere materiali e uomini
sulla "quarta sponda", la Libia Italiana.

Fu così che si produsse il primo scontro tra
le due flotte da battaglia.

Un convoglio importante si stava preparando
per l'Africa, trasportava più di 2000 soldati, 232
carri armati, 10.000 tonnellate di materiali e
quasi 6000 tonnellate di benzina e lubrificanti.

Supermarina, il comando in capo della Regia
Marina, aveva mobilitato un'imponente scorta :

La 1° squadra Corazzate con *Cavour* e *Giulio
Cesare* con sei incrociatori e tredici caccia al comando dell' A. S. Inigo Campioni.

La 2° squadra con dieci incrociatori e sedici caccia al comando dell'A. S. Riccardo Paladini.

Più di venti sommergibili italiani erano all'agguato lungo il percorso.

La Regia Aeronautica era pronta ad intervenire con i suoi bombardieri trimotori Savoia Marchetti SM79 "Sparviero", chiamati dagli inglesi "gobbi maledetti".

Più di ottantadue navi che si imbatterono con un altrettanto imponente dispositivo della Mediterranean fleet con tanto di navi da battaglia, portaerei e relativi aerosiluranti Swordfish.

L'ammiraglio Inigo Campioni decise di dare battaglia contro forze preponderanti inglesi.

A punta Stilo contrariamente a quello che gli inglesi si sarebbero aspettati le due corazzate italiane *Giulio Cesare* e *Cavour* diressero con decisione verso di loro alla massima velocita' disponibile. Che sfacciati quegli italiani ! Novizi del mare che sfrontatamente si dirigevano con le bandiere al vento a tutta forza contro la Royal Navy che aveva forze preponderanti rispetto a loro. Inigo Campioni l'Ammiraglio in capo, ordinò di issare la bandiera di combattimento e dette l'allarme generale. La Regia Marina Italiana non aveva timori reverenziali, le mastodontiche torri corazzate ruotarono lentamente in punteria, mentre i proietti dei cannoni principali da 320 mm. salivano nelle postazioni di caricamento degli affusti. Nel frattempo le turbine a vapore sollecitate alla massima potenza spingevano le due corazzate a grande velocità facendo affondare le prue e sollevare grandi schizzi di spuma.

Le bellissime corazzate ìtaliane, veloci e bene armate contro la flotta inglese, più di trentamila marinai italiani ed inglesi udirono il "posto di combattimento" e si precipitarono dove dovevano.

A 23.400 metri di distanza l'ammiraglio Campioni ordinò di aprire il fuoco, dalla *Cesare* e subito dopo dalla *Cavour,* impressionanti fiammate con boati terribili eruppero dalle torri delle due navi, che sparavano proiettili dai cannoni navali da 320 mm. di diametro, del peso di un'automobile. L'ammiraglio Campioni e tutto il suo stato maggiore dalla plancia comando scrutavano l'orizzonte con i potenti binocoli in attesa di vedere le sagome delle navi nemiche. Facendo fuoco con tutti i pezzi disponibili, contro le navi inglesi, la *Giulio Cesare* e la *Cavour* sparavano alla massima cadenza di tiro possibile proiettili da 15 tonnellate che urlavano nell'aria mentre raggiungevano gli obiettivi. I caccia e gli incrociatori si portavano intanto in posizione per dare manforte alle navi da battaglia. Dopo sette bordate per parte, la fortuna e i migliori proiettili premiarono gli inglesi che colpirono fortunosamente, un fumaiolo della *Cesare*, causando un incendio e uccidendo sul colpo più di 20 marinai. La Regia Aeronautica. che doveva intervenire, non si vide.La nave ridusse la velocità, a quel punto la preponderanza inglese di forze sarebbe stata decisiva per cui l'ammiraglio Campioni ordinò di interrompere il contatto e fare rotta verso l'Italia. Rientrare; nonostante questo le torri poppiere continuarono a sparare contro gli inglesi fino all'ultimo momento. La sfortuna, la scarsa qualità degli armamenti e anche una certa mancanza di addestramento avevano giocato un brutto tiro agli italiani cosa che sarebbe successa molte altre volte purtroppo. Avevamo veloci e eleganti navi, superiori a quelle inglesi, migliaia di bravi marinai e voglia di vincere specialmente contro i primi della classe. Avremmo pagato a caro prezzo queste lacune a Capo Matapan, dove avremmo perso i nostri incrociatori pesanti *Zara , Pola* e *Fiume* per mancanza di apparati radar e per mancanza di addestramento al combattimento notturno, per non parlare del costante mancato aiuto da parte dell'Aeronautica. Dopo la tragedia di Capo Matapan, dove più di 2000 nostri fratelli, erano morti senza neanche la possibilità di combattere, volevamo in tutti i modi far vedere agli inglesi ed al mondo, di che pasta erano fatti gli italiani.

Attaccammo la baia di Suda a Creta, una munitissima base inglese, con i nostri Mas, motoscafi siluranti, affondando lo *York*, un importante incrociatore della Royal Navy e beffandosi di tutto e di tutti come nell'impresa di Buccari, uscendone tutti vivi. Colpimmo a Malta dove pur con il sacrificio estremo di Tesei e Pedretti fattisi esplodere davanti alle reti di sbarramento

per aprire la strada ai propri compagni, su-
bimmo gravissime perdite fra i nostri migliori
uomini. Colpimmo Gibilterra varie volte e colpimmo Alessandria d'Egitto facendo molto
male alla Mediterranean fleet, mettendo fuori
uso la *Valiant* e la *Queen Elizabeth*, le due navi da
battaglia, con solo sei eroici Italiani con i loro
"maiali"soprannome goliardico dei SLC "siluri a
lenta corsa"la nostra arma segreta ! Colpimmo
poi Algeri e compimmo tante azioni minori.
Eravamo assetati di impresa, ansiosi di dimo-
strare come diceva Tesei quello di cui gli italiani
erano capaci. Eravamo una giovane Nazione or-
gogliosa, pur rimanendo profondamente
umana, come dimostrato da tutti i nemici che
abbiamo salvato, preannunciando le nostre
azioni quando oramai erano irreversibili e recu-
perandoli in mare dopo averli affondati. Il

"Mare Nostrum" era per noi sacro, i nemici dovevano uscire da questo mare e noi scrutando nel buio delle profondità marine i nostri Panerai luminescenti, eravamo assolutamente convinti che avremmo ottenuto la vittoria con spirito di sacrificio,come eravamo sempre stati abituati a fare. Il grande, inarrivabileTeseo Tesei fece una affermazione che rimase scolpita nelle nostre menti e che fu quasi una premonizione :

…occorre che tutto il mondo sappia che ci sono degli Italiani che si recano a Malta nel modo più temerario. Se affonderemo qualche nave o no poco importa; quel che conta è che si sia capaci di saltare in aria con il nostro apparecchio sotto gli occhi degli inglesi, avremo indicato ai nostri figli e alle future generazioni a prezzo di quali sacrifici si serva il proprio ideale e per quali vie si pervenga al successo.

Immolò la sua vita nel porto della Valletta a Malta, facendosi esplodere, per aprire un varco nelle reti che permettesse ai compagni di penetrare nel porto inglese e fare più danni possibili. Mi ricordo che una sera a bocca di Serchio,(la nostra base segreta), in uno dei pochi momenti di tranquillità, sotto il cielo stellato,(situazione ben diversa, dal camminare, come facevamo tutte le sere, per chilometri, sul fondo del mare, nel buio più assoluto, con l'unica fioca luminescenza che veniva dai quadranti dei nostri Panerai Radiomir) , stavamo parlando di storia antica.

Da buon toscano, raccontava di come gli etruschi combattevano contro i romani che invadevano la loro terra, la nostra attuale Toscana. Combattevano in coppia i giovani etruschi, appoggiando la schiena dell'uno con quella dell'altro, brandendo i rotondi scudi arcaici e le loro lunghe daghe. Iniziavano a frequentarsi come amici fin da piccoli, giocando prima e allenandosi insieme alla battaglia poi. Uomini, guerrieri seminudi, che combattevano contro gli organizzati romani, con il solo coraggio, urlando una lingua misteriosa che i romani non potevano capire. Lo stesso. capitava ora con i "maiali", i siluri a lenta corsa, dove due compagni, uniti come fratelli, due per siluro, uno davanti e uno dietro, condividevano la stessa sorte. Assomigliava molto al modo di combattere degli etruschi, con fiducia totale l'uno dell'altro. Dimostrammo che potevamo sopperire con il coraggio, alle nostre deficienze, lo avrebbero visto tante volte,soprattutto gli inglesi, la notte di Alessandria, se la sarebbero ricordata per molto tempo. Solo gli italiani, potevano fare una impresa del genere. A denti stretti anche l'ammiraglio Andrew Browne Cunningham, comandante in capo della Mediterranean fleet, dovette ammettere nel suo libro autobiografico, che questi italiani erano ammirevoli, in quanto a coraggio.

Sarebbero rimasti bene in mente anche ai marinai inglesi, che furono avvertiti prima dell'esplosione della loro nave, che si alzavano in piedi facendo ala ai nostri incursori che camminavano sulla tolda delle loro navi. Ma il coraggio non bastava da solo. Nemmeno i sacrifici che Tesei andava professando e che poi avrebbe messo in pratica avrebbero cambiato significativamente la situazione. Ma l'onore sarebbe stato salvo per sempre, l'onore della Marina così come l'onore dell'Esercito e dell'Aeronautica, benché spesso misconosciuto dai vincitori, mistificatori bugiardi e privi di fair play. D'altronde i popoli del nord hanno sempre avuto un certo disprezzo per quelli del sud, anche se ignoravano la scrittura quando noi avevamo Virgilio, Seneca, Augusto,Cicerone e tanti altri giganti del pensiero e della cultura. Ma tant'è, l'azzardo dell'entrata in guerra, voluto dal Duce in persona, non poteva che causare catastrofi. In ogni caso, avevamo già dimostrato nella prima guerra mondiale agli austroungarici di cosa eravamo capaci, affondando le migliori corazzate della loro flotta con piccoli "Mas" motoscafi veloci siluranti popolati da grandi eroi. La beffa di Buccari, il volo su Vienna, con animatore nientemeno che Gabriele D'Annunzio avevano ridato coraggio al nostro esercito che sul Piave sì trincerò, inamovibile, bloccando tutti gli attacchi degli austroungarici e dei loro alleati tedeschi e passando al contrattacco, vincendo la guerra. Questi italiani sempre loro, terminati gli uomini disponibili avevano richiamato i ragazzi del 99 poco più che bambini che sul Piave combatterono valorosamente, baciando la terra italiana prima di partire all'attacco. Come a Isbuschenskij, dove il Savoia cavalleria caricò nella steppa i siberiani, appostati nelle trincee con mitragliatrici e armi pesanti con una carica leggendaria, sciabole al vento soverchiando i nemici al grido "Savoia" e "per l'Italia". E così usando solo il coraggio e l'abnegazione, i nostri incursori causarono serissimi danni alla Mediterranean fleet. Avevamo formidabili navi, la *Littorio* e la *Vittorio Veneto* erano nettamente superiori alle navi inglesi, erano mostri da 41. 000 tonnellate pesantemente armate e veloci. Purtroppo tutto arrivò sempre troppo tardi. Siamo sempre stati un popolo che si è dovuto arrangiare, partendo svantaggiato, troppe volte la disorganizzazione e l'approssimazione ci hanno giocato dei brutti tiri. Ma quando il tricolore garrisce nel vento gli italiani hanno sempre fatto valere la loro forza e volontà. L'Aeronautica, per deficienze della catena di comando, forse per egoismo degli alti comandi, supportò sempre male la Marina, nonostante il sacrificio dei propri piloti che con i loro

SM 79 si lanciavano bassi sul mare per sganciare i siluri contro le navi inglesi o bombardando da altezza elevata. Con i tre motori stellari Alfa Romeo alla massima potenza si avventavano sulle navi inglesi e cercavano di silurarle di fronte a muraglie di colpi della contraerea nemica. Anche loro fecero il loro dovere per quanto limitati per la mancanza di aerei da caccia veramente moderni e dalla scarsa iniziativa dei comandi. D'Annunzio diceva "memento audere semper", effettivamente serviva iniziativa e ardimento per colpire per primi, cosa che gli inglesi ci avevano insegnato sulla nostra pelle, ma forse mai completamente compreso dalle alte sfere, salvo che per l'utilizzo dei corpi speciali. Come i Gamma della Decima veri e propri commandos che colpivano sempre per primi, con il pugnale tenuto freddamente in mano, col coraggio dei forti, non quello dei disperati. E colpimmo, colpimmo e colpimmo ancora con operazioni spregiudicate al limite del suicidio, Cunningham pensò che fossero equipaggi suicidi i nostri, ma noi non abbiamo mai fatto attacchi suicidi, con l'eccezione forse dell'esplosione di Tesei, che fu comunque una scelta personale, decisa sul momento, non pianificata. Noi abbiamo sempre voluto recuperare i nostri uomini, pur quasi mai riuscendoci e abbiamo sempre usato la cavalleria con il nemico, avvertendolo sempre poco prima che le navi saltassero in aria e colpendolo al cuore con la dignità e l'orgoglio di essere italiani. Spesso quando mi addormento, mi ritrovo nell'acqua scura, a bordo di uno dei nostri maiali, dietro di me uno dei miei compagni morti mi guarda fisso mentre conduco l'attacco e pur non parlando mi sprona al successo. A volte mi sveglio mentre stavo sognando di essere a bocca di Serchio, sulla spiaggia, di notte, guardando la Via Lattea

immensa e luminosa pensando che un giorno
forse saremo stati lassù fra le stelle. Per noi la
nostra " vendetta delle stelle" come è stata chia-
mata, sarebbe arrivata, l'avremmo voluta forte-
mente, l'avremmo realizzata ridendo in faccia a
tutti, per prima a monna morte. A bocca di Serchio le onde notturne del mare portano sussurri,
parole a chi le vuol sentire. Sono parole di ami-
cizia, amor di Patria, onore, sono parole di tutti
quei ragazzi che di lì sono passati e che hanno
lasciato tracce del loro spirito su questa sabbia e
in questo mare fra questi pini. Eravamo entusia-
sti della nostra Italia che aveva vinto la guerra,
primeggiato con le trasvolate oceaniche, aveva
conquistato il nastro azzurro con il Rex un tran-
satlantico possente e velocissimo. Avevamo
vinto tante corse con l'Alfa Romeo di Nuvolari,
beffando i grandi tedeschi, avevamo vinto due
mondiali di calcio e riconoscimenti e premi da

parte di tutto il mondo civilizzato, che ci ammirava. La flotta era stata progettata per fronteggiare la flotta francese e poter dire la sua anche contro la Royal Navy ma sarebbe stata pronta solo 3 o 4 anni dopo l'effettiva entrata in guerra, che fu un errore madornale. La *Giulio Cesare* fu modificata profondamente allungando lo scafo e migliorando praticamente tutto l'insieme permettendogli di rientrare in linea insieme alla gemella *Cavour* costituendo il nucleo iniziale delle nostre navi da battaglia. L'errore di non progettare subito portaerei e di non dare seguito al radar sarebbero stati per noi un vulnus decisivo. La Decima mas nacque come reparto d'elite che avrebbe dovuto ripetere le imprese di Rizzo in Adriatico nella prima guerra mondiale e di Rossetti e di tanti altri valorosi. Sarebbe stata una specie di arma dei poveri, con poca spesa cau-

sare molto danno e molto sbandamento. Effettivamente così successe. Finita la guerra, nell'inno della Decima mas si afferma che sarebbe arrivata sicuramente la vendetta contro quelli che ci avevano privato delle nostre bellissime navi da battaglia, non in combattimento ma con il tradimento. Dice l'inno della Decima :
"Navi d'Italia che ci foste tolte non in battaglia ma col tradimento noi qui vi facciamo questo giuramento,vi giuriamo che ritorneremo finché non avremo pace con onore".
Eravamo ragazzi non capivamo tutto, sono emozioni che sono arrivate piano piano tra le frasi non dette dei genitori o dei nonni e un qualcosa che dal terreno all'aria arrivava ai polmoni e al cuore. L'amore per la nostra Patria il rispetto per il sacrificio di quelli che sono venuti prima di noi e hanno dato la vita, questo era lo spirito della Nazione e tale è rimasto per tanto tempo.

Poi tutto è cambiato, ma non dobbiamo disperare, queste sono questioni troppo profonde, che periodicamente riaffiorano e più che cerchi di nasconderle più che riaffiorano. Quando pensi di averle dimenticate tornano fuori prepotentemente nelle canzoni, nei discorsi e nei pensieri dei veri italiani. Eravamo "ubriachi di Patria", e abbiamo lottato e combattuto per avere un' Italia unita e che risplende nella notte più buia.

I calzini spiegano tutto, almeno per noi che partivamo portandoci dietro solo quello che non ci importava riportare a casa: la *buccia*, la nostra pelle.

La delusione, tu non l'hai mai provata, Juan. Per te è troppo presto, invece noi... io ci sono nato nella delusione, la più assoluta. Dal primo giorno. Il tuo mondo, quello che i tuoi genitori ti hanno insegnato essere giusto, il giusto mondo, non è scomparso, è tutto attorno a te. Il nostro era svanito. Immagina. Tutti i nostri valori erano proscritti, noi lo eravamo: esiliati in Patria, e ovunque. Lo sono anche ora, qui: in esilio, sempre.

Per questo abbiamo combattuto: per ricordare. No, non per ricordare, ma per non permettere che nessuno dimenticasse. I nostri compatrioti, a loro era bastata una notte per far finta che nulla fosse successo. Noi non potevamo permetterlo: dovevamo far sapere a chi ha orecchie buone per intendere che qualcuno non aveva dimenticato ancora e non lo avrebbe fatto mai, che noi sapevamo com'era andata la storia, e non avrebbero vinto mai. Che non ci eravamo bagnati le labbra neppure con un goccio della nuova propaganda, spregevole come tutte. Eravamo i dimenticati che non dimenticano.

Nessuno sapeva dei nostri viaggi, di cosa andavamo a fare, o dove, o perché, nemmeno le madri e i padri, e poi le mogli. *Vado via*, si diceva, *in vacanza*, per lo più. Poi c'era chi tornava dopo mesi di prigionia, sempre tutti muti come pesci, e chi - più fortunato - non tornava affatto.

Ecco perché i calzini bucati, le maglie sdrucite: prendi solo quello che andrà buttato e spera di non riportarlo indietro.

Non vantarti, non esaltarti. Noi della Decima, sin da prima che cambiasse nome, non somigliavamo alle parodie d'oggi, frasi fatte e scritte sulla pelle che scimmiottano eroismi e virtù altrui, imprese di altri uomini e altri tempi - sempre *altri* - e senza neppure capire le nostre ragioni, sentire i nostri ideali, che per noi erano sacramenti.

Non ci sentivamo eroi, non raccontavamo alle fanciulle le nostre imprese.

Non ne parlavamo affatto.

Obbedivamo al richiamo della Patria.

Anche quando i nemici ci prendevano e ci interrogavano ore o mesi interi, noi rispondevamo sempre le stesse cose, e senza nemmeno metterci d'accordo : nome, grado, matricola e poi : "a questa domanda non posso rispondere", oppure formule più sottili, sul crinale della menzogna: "queste sono faccende che noi non sappiamo."

E a chiedercelo erano i nemici di ogni ordine e grado, inglesi, americani, francesi, russi ecc. ecc. ,

Io soprattutto figlio di mio padre e di mia madre, sfuggiti per un pelo alle purghe del '17, le purghe dei comunisti, conoscevo bene questo particolare nemico.

Di colpo, tutti i membri di famiglie che portavano il peso di cognomi scomodi - il peso della nobiltà - o che in qualche modo alla nobiltà ci vivevano accanto, finirono ammazzati, così come quei pochi che avevano provato ad aiutarli, ma anche chi si era tirato indietro, o peggio aveva denunciato: spediti a morire in qualche gulag, trucidati senza pietà nelle piazze o fatti fuori sull'uscio di casa.

Io non li ho visti, i loro massacri, ero troppo piccolo quando riuscirono a scappare portandomi via, prima a Costantinopoli, e poi in Italia, ma mia madre e mio padre sì, e dunque mi ci fecero crescere in mezzo. Mi addestrarono a vedere il mondo per quello che è, cenere e sangue. I loro ricordi e il loro terrore costruirono la mia memoria. Non si parlava d'altro in casa nostra: cosa avessero fatto alle cugine, e agli zii, come avessero portato via i padri, mai più tornati, e di quello che succedeva ai pochi che riuscivano a raccontarlo. Mi assetarono di vendetta, ma era miseria, ecco cosa, miseria e terrore, propaganda che ti entra nel sangue fin da piccolo e infetta i pensieri fino a renderti pecora in mezzo alle pecore. E soprattutto inetto, un assassino in fieri, morto senza mai essere nato, cadavere senza mai aver vissuto, menzogne ripetute intorno a te con così tanta foga da convincerti che siano verità.

La propaganda è prima di tutto paura: di pensare, di azzardarti a pensare, di alzare un dito contro il coro, di dire la tua, di agire. Obbedisci al dogma, null'altro e questo perché se cresci con pensieri non tuoi, vai avanti a ripetere frasi che non vogliono dire nulla, finché crepi e allora finisce tutto, o finché ti viene un dubbio e allora sei già morto, e con te tutta la tua famiglia, colpevole solo di esserti parente.

Il fuoco della propaganda non emana luce, ti divampa in faccia, ma tutto intorno è solo buio, come quello che noi imparammo a conoscere bene, solo senza nessun pelo dell'acqua verso cui nuotare.

La propaganda è fango e sangue infiniti, e le sfuggi solo immergendoti ancor più in profondità, impelagandoti in altri fanghi, quelli degli abissi. Noi questo eravamo: uomini di un mondo sommerso dalla marea della Storia, palombari intrappolati per l'eternità sui fondali.

E venne la guerra, Nonostante il nostro sacrificio e quello di tutta la Nazione, ne uscimmo sconfitti. Senza mezzi, senza una logica strategica, non poteva che finire così.

Ma noi non l'avremmo mai accettato, la guerra finì, con l'Italia distrutta, la guerra civile, un paese diviso a metà.

Ci vollero sei anni per preparare l'impresa, in mezzo ad altre missioni abortite sul nascere o finite male, e altri compiti da portare avanti in assoluto segreto, alcuni validi, altri per nulla, perdite di tempo e buchi nell'acqua.

La guerra era finita, diceva l'otto settembre, e noi ufficialmente non esistevamo più, mentre di fatto, e soprattutto coi fatti, si continuava ad esistere e ad agire invisibili tra le righe della cronaca. Solo nessuno poteva farci caso.

Due giorni prima della nostra partenza per la missione, nel porto di Brindisi, incrociai un austriaco, che era o ubriaco marcio o un folle in preda al delirio - non l'ho mai più incontrato -, e mi disse, dopo l'ennesimo bicchierino di troppo, e singhiozzando nel mentre: «*I leopardi entrano nel tempio… Mangiano tutte le offerte al Dio… Questo si ripete ancora e ancora e ancora… Sempre. Alla fine lo si può dire in anticipo, che prima o poi i leopardi arrivano, ed è allora che il loro arrivo diventa tutto parte del rituale.* »

Noi della Decima non avevamo altra religione all'infuori della Patria, una religione senza anime, perché quello che avevamo da offrirle in sacrificio erano i nostri corpi, ma nel nostro culto, che è l'Italia - e le sue sorti -, i leopardi della sconfitta arrivano sempre. Puntuali.

L'austriaco ubriaco ci aveva visto giusto: per quanto volessimo *credere* nella vittoria, non c'era scampo.

"La Decima non s'arrende, smobilita", ci diceva infatti Borghese, nobile di fatto ancora prima che di natali, e non parlava mai e poi mai di vittoria, forse la sognava, ed era piuttosto un incubo, perché rendeva la nostra realtà di tutti i giorni un tormento. Divenne il nostro rituale: resistere al tormento per la nostra Patria, e resistere al suo destino: la sconfitta.

Non ero un incendiario, non lo era nessuno di noi: il mondo era in fiamme.

Per questo, i nostri piani continuavano a cambiare, di pari passo ai volti bruciati che la sconfitta assumeva, e alle umiliazioni scottanti che ci infliggeva il nemico. Non si faceva quasi in tempo a decidere un'azione che qualcuno dall'alto o dal basso metteva uno stop e non c'era niente da fare, tanto più che noi non si esisteva, si resisteva e basta.

Sei anni sembrano tanti, adesso che me lo sento dire, ma in mezzo ci furono decine di cose iniziate e morte nel giro di pochi mesi, come lo sminamento di una città intera, una città che sta sott'acqua, per di più, o come gli incontri segreti con i servizi esteri e i viaggi che erano sempre e solo *vacanze*, o come tutte quelle operazioni programmate per settimane e poi naufragate nel giro di una notte, per un comando dall'alto, o - come è capitato nel nostro caso - per un articolo su un settimanale che non leggeva nessuno.

C'era scritto: «*La nostra Giulio Cesare salterà prima dei Dardanelli, sarà fatta segno ad un attentato, portato a termine fuori dalle nostre acque territoriali.* »

Era il gennaio del '49.

Sul fondo dell'articolo, campeggiava solo una "X", nessun nome o cognome, nessuna firma del giornalista. Qualcuno - una fonte anonima - aveva parlato a "X", e sicuramente non era uno di noi, ma qualcuno di molto - troppo - vicino, e per questo non potevamo rischiare di mandare tutto a monte: dovevamo rimandare, e rimandammo di sei anni, nonostante quel giornaletto sembrasse piuttosto la beffa di un futurista, già a partire dal suo titolo: "So tutto", o "So tutto io", mi pare si chiamasse.

Eppure non potevamo correre il pericolo di lasciare che la corazzata orgoglio della nostra Marina finisse davvero in mano comunista, come un bottino di guerra qualunque e a nostro ulteriore sfregio. Era la nostra ultima opportunità di correggere con il tritolo le sgrammaticature della Storia, e né l'occasione né l'esplosivo andavano sprecati: la nostra *Giulio Cesare* sarebbe divenuto un bottino amaro, doveva divenirlo e i russi avrebbero maledetto il giorno in cui dal porto di Augusta aveva preso il largo per la Crimea.

Non abbiamo mai saputo perché "X", il giornalista - anonimo come noi, e per questo ancor più inquietante , avesse scritto quell'articoletto, anzi, per dirla tutta, perché se lo fosse inventato di sana pianta, ma ci costrinse a vagabondare per sei anni in cerca di redenzione per la nostra Patria. L'unica certezza è che da lì in poi ci fu, chiaramente fuori dal gruppo, e ben oltre i confini della Nazione, chi ci chiese di lasciare che la corazzata *Giulio Cesare* arrivasse fino a Sebastopoli, cosa che di fatto noi avevamo già deciso di fare e che infatti fece.

S'era già deciso dove e come agire: non in navigazione, ma nel porto, sicuri al mille per cento che per i russi sarebbe stato troppo ammettere di essere vulnerabili in casa, e a tutti avrebbero dato la colpa tranne che a noi, i farseschi italiani. Eravamo certi, soprattutto io, che i sovietici avrebbero insabbiato tutto, come sempre, perché il porto era stato sminato e non da noi, ma da loro. Ma questo di sicuro non li avrebbe fermati, avrebbero detto - come infatti fu - che a far saltare la corazzata era stata una mina, e magari tedesca, pur di non lasciare trapelare neppure nella menzogna, che l'Italia potesse averci qualcosa a che fare, anche solo vagamente. Poi che dopo dieci anni sott'acqua le mine magnetiche non potessero comunque più esplodere, era un dettaglio che i maledetti avrebbero omesso senza ombra di dubbio.

Contavamo sul fatto che i maledetti fossero consapevoli della loro stessa inettitudine e al tempo stesso troppo orgogliosi per ammettere che invece gli italiani gliel'avessero fatta sotto il naso. E fin dal principio.

Nel frattempo qua e là era stata alzata della polvere, trafugato tritolo, mosso uomini e mezzi, e anche una donna, una del Mossad che all'epoca stava a Roma. C'erano voluti sei anni prima di poter partire, tutti pronti, e poi all'ultimo ecco uno di noi chiamato per far altro, tant'è che al suo posto era stato mandato uno che non potevo dire di conoscere altrettanto bene.

Da Brindisi, per raggiungere Sebastopoli, avevamo *preso in prestito* - per così dire - un piroscafo che trasportava ferro, arance e grano.

Avevamo raggiunto la nostra destinazione con un solo giorno di ritardo sulla tabella di marcia che però, siccome l'avevamo preparata noi, non poteva che tener conto degli imprevisti.

Eravamo abituati agli imprevisti, anche ai più assurdi. Potrei quasi dire che gli imprevisti ci avevano abituato a cavarcela, e *cavarcela* non ha mai significato per noi portare a casa la *pelle*, anzi.

Fatto sta che arriviamo di notte e iniziamo subito le operazioni di trasbordo dei maiali che sono i siluri a lenta corsa, quelli costruiti dall'elbano, il più grande di tutti, con l'anconetano. E ci riusciamo perché siamo pesci, o rane, non uomini, visto che col sistema dell'anconetano possiamo stare sotto molto più a lungo, fino a sei ore intere.

Non che l'autorespiratore non si inceppi mai, quello no, ma siamo addestrati a trattenere il fiato: fino a quattro minuti e rotti, anche, se serve, come per esempio era servito all'elbano per recuperare i superstiti dal sommergibile colpito dagli inglesi. Lì la colpa era stata di un rimorchiatore verniciato di fresco che era quindi impossibile non vedere, tant'è che era stato visto eccome, e tre Swordfish avevano preso a colpirci dall'alto. O come quando i miei compagni erano a cento metri di profondità, devastati da più di sessanta bombe, tutto distrutto, e lui fece su e giù per portarne a galla quanti più possibile.

La ginnastica, sì, certo, ma non è mai stata quella a darci la forza, anche se ci siamo allenati anni e anni.

Dovevamo essere pronti a tutto, noi, e ci addestravamo sulla foce di un fiume, in una specie di fabbrica degli eroi. Quando ci arrivai, avevo venticinque anni, e il nostro istruttore capo quasi sessanta, ma aveva più energia di un diciottenne. Da giovane, mi raccontarono, aveva addirittura rubato un sommergibile peraltro destinato all'impero russo, per muovere, di sua iniziativa, guerra all'Austria sperando nel sostegno dei francesi e senza chiedere a nessuno. E questo prima ancora che scoppiasse la Guerra, e parlo della Prima. Poi era stato fermato, per colpa dei francesi che non ne volevano sapere, e dei russi che s'erano tirati indietro, e quindi processato, solo che nel frattempo era scoppiata la guerra e con essa l'Austria era diventata il nemico, per cui lui era stato prosciolto da tutte le accuse.

Angelino non parlava molto, e negli anni alla foce del Serchio era già mezzo sordo, ma per lui parlavano i fatti. Sotto il suo comando, siamo diventati quello che siamo.

Uscivamo alle dieci di sera, tutte le sere, e non rientravamo mai prima delle tre del mattino. Si partiva nel fango con la tuta di gomma impermeabile che aveva inventato lui. Ce la infilavamo sopra la lana e le tute da lavoro, avanzando tra le canne con un quintale a traino, poi in mare, tre o quattro miglia sul fondale, fino a una replica delle ostruzioni degli inglesi.

Le ostruzioni erano una specie di muro fatto di maglie di ferro che andavano dal pelo dell'acqua giù fino al fango dei fondali.

Lavoravamo a coppie: uno dei due si arrampicava a metà del muro e iniziava a tirare in su, mentre l'altro sollevava il muro di ferro dal basso fino a far passare il maiale.

Poi gli inglesi credendo di averci messo in difficoltà, ci avevano di fatto costretto a migliorare: avevano allungato le loro ostruzioni fino a sei metri e più oltre i fondali e così facendo avevano reso il muro ancora più pesante, quasi impossibile da superare.

Quasi, però, perché noi, per tutta risposta, eravamo diventati ancora più forti.

Eppure, come dicevo, non era la ginnastica, e non erano gli addestramenti: eravamo ubbidienti. Talvolta, sentivo di essere mosso, piuttosto che di muovermi: un automa, governato dai capricci della Nazione. E non ci servivano neanche gli ordini di Angelino che tra l'altro non urlava mai ma impartiva comandi e compiti senza mai scomporsi.

Era la dedizione a ispirare la nostra resistenza al corso degli eventi.

Non l'azione in quanto tale, non la gloria, o gli onori - figuriamoci! -, ma la morte che speravamo tutti ci potesse capitare.

Era quella a motivarci, a muoverci e darci ossigeno sotto ottanta o centoventi metri di acqua ghiacciata. Morire per la Patria, sul suo altare; lasciarcela alle spalle, la *pelle*, tant'è che chi scriveva i testamenti per lasciare questo o quello al tale o al talaltro commilitone, si augurava sempre di non essere letto il ché avrebbe significato che anche il tale o il talaltro confratello non l'avesse come lui portata a casa, la *pelle*.

Per noi c'è sempre stato uno e un solo coraggio, il Coraggio Morale, e la forza più grande è sempre stata la volontà. Con il Coraggio Morale pensi, con la volontà agisci.

Non ci interessava appuntare al petto medaglie al valore, affatto, perché agivamo senza uniforme ed eravamo *senza nome*, e la nostra lotta non poteva essere materiale per i libri di scuola o inquadrata nei gangli della leggibilità. Siamo corpi illeggibili. Le nostre pagine sono scritte senza inchiostro, sono pagine bianche. Nessuno ci ha mai conosciuto e per questo verremo dimenticati: dovremo esserlo.

Siamo la mano invisibile, senza volto, che da un giorno all'altro, con la vernice nera ha scritto sulla facciata ripulita delle vostre case: RICORDATEVI DI NOI.

I ragazzi che addestro oggi sono diversi: non fanno che gonfiarsi come tacchini per le miserie che gli faccio fare, ignari di cosa voglia dire, sul serio, immergersi per otto dieci ore di seguito, coi respiratori in avaria, e sentire dalle lamiere le grida dei morituri dentro a un sommergibile a settanta metri di profondità, senza più aria per spingerlo in superficie, coll'ossigeno che ti fa ammattire.

Senza ossigeno, dentro al sommergibile in fondo al mare, arrivi a vedere di tutto. Senti tua madre, vedi tua moglie, i figli per chi ce li ha, vedi fuoco e fiamme a volte reali ma più spesso fatui, eppure non ti muovi. Non fiati per non sprecare nemmeno mezza molecola. Sopra di te

tonnellate e tonnellate di acqua e intorno gente
che o è già morta o sta per farlo. Ma va bene, è
giusto così, perché sei qui per questo eppure, se
torni, non ti senti un eroe né lo urli ai quattro
venti come invece fanno i ragazzi di questa mia
Accademia.

Sognano l'eroismo, loro. Si immaginano lo
scalpore e gli applausi, le folle adoranti. Non
sanno che la gloria vera non sta in superficie, ma
sul fondo; non è nel clamore ma nel silenzio. Nel
silenzio e nei segreti.

Mezz'ora di nuoto in apnea controllata ed ec-
coli a darsi pacche neanche avessero affondato
loro la *Valiant*.

Io non c'ero, allora, ad Alessandria d'Egitto a
far saltare la *Valiant*, ma c'era Gigi, grand'uomo,
e il nostro Capitano Borghese, e anche Emilio,
mezzo andato per l'ennesima avaria dell'autore-

spiratore. E Gigi, mezz'ora prima dell'esplosione, una volta catturato e già interrogato senza fiatare, aveva chiamato l'inglese a capo di tutto, e aveva salvato i marinai. Il fondale era basso, lo si sapeva, e dunque la corazzata sarebbe rimasta coi ponti all'asciutto: il Comandante inglese fu avvisato e così riuscì a mettere in salvo la sua ciurma.

Nel nostro caso, invece, non sarebbe servito avvisare nessuno: la detonazione sarebbe stata così forte da far tremare la città. C'era dunque tutto il tempo.

O ci sarebbe stato, se solo…

Non eravamo assassini, né avremmo voluto esserlo. Quello che capitò a Sebastopoli è stata colpa solo della propaganda che infettava tutti i cervelli, inebetendoli, rendendo ufficiali e altri ranghi una manica di inetti incapaci di reagire, assassini in fieri, dicevo.

Il tempo c'era, ci sarebbe stato.

Avevamo pensato a tutto.

Arrivati al largo di Sebastopoli, molto al largo, addirittura tre o quattro miglia dal punto che avevamo deciso, per sicurezza, ci siamo immersi. Abbiamo raggiunto il mini sommergibile e abbiamo trainato i maiali sotto la corazzata pregando che rientrando in porto dagli addestramenti, la *Giulio Cesare* fosse al suo posto, ovvero non al suo, ma al nostro: non attraccata alla solita boa numero dodici, ma alla numero tre, la nostra boa, scelta perché l'unica che avrebbe dovuto salvare le vite di un migliaio di ragazzi.

Avrebbe dovuto, ho detto.

Ci erano voluti due anni per studiare i fondali e poi mesi per infiltrare i nostri in modo che, al momento giusto, qualcuno scambiasse ufficialmente gli attracchi.

Due siluri, non uno: se qualcosa non avesse funzionato col primo, ce ne sarebbe stato un altro. Ma anche se non avessero funzionato entrambi, avevamo comunque un piano di emergenza. E anche fosse saltato quello, ci saremmo inventati qualcosa: a costo di salire a bordo in mezzo ai maledetti, tramortire un marinaio, rubargli la divisa e scendere fino al tritolo.

Noi sapevamo dov'era stato piazzato, lo sapevamo perché eravamo stati noi a mettercelo. Avremmo potuto farlo saltare anche da dentro, senza più uscirne, ovviamente, il che ci stava più che bene.

Avevamo consacrato le nostre vite alla Nazione, non avevamo altra religione all'infuori di Lei, ma è sempre Lei che ci ha chiesto il sacrificio supremo: sopravvivere, vivere in eterno per vederla perire miseramente. Una eterna agonia e un'eterna giovinezza.

Era così nera, l'acqua, che non mi vedevo le mani. Il mio secondo aveva la febbre da tre giorni. Un paio d'ore prima del via, lo costringiamo a mangiare perché ci ricordiamo cos'era capitato a un altro di noi, rimasto digiuno per un'intossicazione, e quindi svenuto quando invece serviva fosse vigile. Lui dice di no, che non vuole, dice che non serve, e che se mangia, poi vomita, ma noi insistiamo tanto da convincerlo.

A dieci metri circa dalla corazzata, ancora a cavalcioni del maiale, mi raggiunge qualcosa di caldo sulla mano destra, ma non vedo nulla. Provo a voltarmi e il mio secondo non si trova, ma un fiotto supera la tuta, capisco che sta vomitando e di conseguenza che è ancora al suo posto. Tutto bene: la corazzata è dove doveva essere, e il mio secondo pure.

Dobbiamo raggiungere il punto esatto della chiglia, in corrispondenza della quarantaduesima paratia, e quindi agganciare il siluro che farà da detonatore al tritolo già a bordo.

Sappiamo esattamente cosa accadrà: la prima detonazione farà esplodere il tritolo nascosto a bordo della corazzata che a quel punto si inclinerà e si adagerà sul fondale, basso abbastanza perché la corazzata non affondi del tutto. La boa numero tre serviva a quello.

Avevamo calcolato ogni mossa al millimetro, ma l'abbiamo provata una sola volta, giù alla foce degli allenamenti, come nulla fosse.

Nell'addestramento era andato tutto male: due autorespiratori erano andati in avaria, il cavo di un siluro si era sganciato, corroso dalla salsedine, e io e il mio secondo avevamo dovuto tirarlo via di peso, strisciandolo prima nel fango e poi tra i sassi e le rocce che avevano lacerato i nostri vestiti, così come era già capitato, anni prima, a un altro maiale, e all'unico di noi rimasto a nasconderlo. Mai e poi mai ne avremmo lasciato uno agli inglesi. A costo di trascinarlo per miglia e miglia. A costo di mangiarcelo boccone dopo boccone.

Una sola prova, ed era andata male, ma avevamo un buon piano e poi si sa che le prove servono solo a prepararti al peggio. Ti abituano alle difficoltà che ci sono sempre, a prevedere le emergenze, e poi a reagire in quei due massimo tre secondi di tempo che hai, non di più.

Dunque, non aspettandoci altro, e ormai dopo centinaia di missioni, eravamo pronti a fare il nostro dovere che consisteva, attraverso l'affondamento della nostra corazzata, a far sapere ai comunisti che non avevano vinto un bel niente.

Si parlava già della bomba, quella *definitiva* voglio dire, e qualcuno vociferava che in Unione Sovietica ci fossero ingegneri tedeschi al servizio del Politburo; non potevamo permettere che si tenessero anche la nostra *Giulio Cesare*.

Due sommergibili, *Nichelio* e *Marea*, tre torpedinieri, *Animoso*, *Ardimentoso* e *Fortunale*, e poi *Fuciliere* e *Artigliere* i cacciatorpedinieri, l'incrociatore *Duca d'Aosta*, la nave scuola *Cristoforo Colombo* e la corazzata *Giulio Cesare*, l'avevano anche ribattezzata *Novorossijsk*, gli sciagurati. I ragazzi della *Colombo*, gemella della *Vespucci*, erano stati fermati, dunque toccava a noi salvare almeno la *Giulio Cesare*. Ossia affondarla perché andasse a riposare nel cimitero delle corazzate della Marina Italiana.

Se non hai più scampo, se sei con l'acqua alla gola, non scappi: ti trascini tutto il mondo dietro con te.

Arrivati sotto la chiglia, aggancio il siluro nel buio più totale. Dietro e intorno a me il nulla. Uso le mani per toccare gli anelli, corro lungo il fianco della corazzata, controllo le paratie contandole una per una: 38, 39, 40, 41, 42, sì, è alla 42esima paratia.

Tutto bene. Il tatto mi conferma che il siluro è agganciato, ed è al posto giusto. Poi sento qualcosa sulla spalla e di lì a poco quattro colpi col dito in sequenza: dal primo tocco al secondo passano due secondi, ma uno solo dal secondo al quarto, e poi il palmo aperto che si chiude a pugno.

Siamo soli? Siamo soli. Questo significano i tocchi.

Ma ecco un altro colpo: la mano mi strattona, e poi si ritrae. Mi sto allontanando dal maiale, e dunque dalla chiglia armata. Avrò dato sì e no un paio di spinte con le braccia dall'alto verso il basso per staccarmi dalla chiglia quando qualcosa mi afferra.

Il nero è totale ma pur non vedendo nemmeno le mie stesse mani, so che non può essere il mio secondo.

In un lampo ne sono sicuro. Forse è un calamaro gigante, o un mostro marino, tanto la sua forza è sovrumana. Lotto per divincolarmi, ma nel muovermi, tra uno strattone e l'altro, succede qualcosa al mio autorespiratore che si appanna del tutto, poi il vetro va in frantumi e inizia a entrare acqua.

Lo devo togliere.

Quando sei sotto non conta più la forza, o la resistenza: l'unica cosa che conta è la calma che però fa a pugni con il rifiuto di morire.

Prima di bere, mi dico che forse faccio in tempo a prendere un respiro, ma l'acqua mi entra nel naso e mi anticipa così mi blocco e ritrovo la concentrazione: non posso ancora morire perché non posso farmi trovare sotto la corazzata.

La cosa continua a trascinarmi giù mentre passano i secondi, dieci venti, un minuto, e poi mi tira di lato rispetto alla posizione che credevo di avere, finché non si accende un puntino chiaro, sopra di noi, metri e metri più in su, solo una luce che però mi dice che non sono più sotto la chiglia, ma vicino alla superficie. E in mare aperto.

La stessa cosa che mi aveva afferrato e contro la quale non ho smesso di lottare, mi spinge la testa fuori dall'acqua.

Ne approfitto per inspirare quanta più aria mi ci sta nei polmoni e solo allora mi rendo conto che non stavo lottando contro i tentacoli di un calamaro gigante, ma contro uno dei miei, l'anconetano, uno della mia squadra.

Ettore mi fa un cenno con le dita, io eseguo.

Inizio a nuotare e mi immergo dietro di lui raggiungendo il fondale. Ogni due minuti una mano mi raggiunge la spalla e l'altra mi passa l'autorespiratore. Andiamo avanti così fino a finire l'aria, nuotiamo sul fondale fino a raggiungere il punto esatto del recupero, davanti alla baia sotto l'ospedale di Sebastopoli, là dove dovrebbe già esserci il minisommergibile che però non si vede.

L'ossigeno finito ci costringe a emergere e, una volta fuori, ci rendiamo conto di essere soli. Le luci del porto sono a un paio di miglia da noi, ma in attesa del sommergibile e dei nostri compagni, sempre ammesso che tornino, non possiamo restare sul pelo dell'acqua o rischiamo di essere scoperti. Il porto di Sebastopoli è il cuore della flotta russa e non dorme mai: le navi che vanno e vengono, e i fari potrebbero farci scoprire.

Andiamo avanti a fare dentro e fuori: cinque secondi in superficie e due-tre minuti sott'acqua. Passata una ventina di minuti, capisco che il sommergibile non verrà, così come non verrà nessuno. È ora di mettere in pratica il piano B. Non serve parlare.

Togliamo i vestiti e li usiamo per infagottare gli autorespiratori.

Non potevamo abbandonarli. Se fossero emersi, se qualcuno li avesse visti, si rischiava di far saltare la missione invece della corazzata. Sotto la tuta impermeabile ne abbiamo un'altra da operatori portuali ma le nostre sono italiane e non vanno bene.

Siamo entrambi esausti, ma nuotiamo fino ai lati del porto, identifichiamo l'imbarcazione meno sbagliata tra quelle più piccole, per risolvere il nostro problema. Mi arrampico per primo, dopo aver legato il mio fagotto a una bitta. Mi muovo lentamente, attento a ogni scricchiolio del piccolo natante. Una volta a bordo striscio sotto coperta - di fatto a malapena un tendalino - dove trovo solo due uomini che russano sulle loro brandine. Nel frattempo Ettore mi ha raggiunto nel silenzio più assoluto.

Il mio indice fa la sua scelta verso uno dei due uomini. Ettore prende l'altro.

Quasi all'unisono, mentre io sollevo la testa del pescatore con delicatezza e me la metto nel gomito chiuso dall'altra mano, Ettore fa altrettanto. Nessuno dei due uomini fa in tempo ad emettere un solo verso: tre secondi bastano per passare dal sonno all'incoscienza da ipossia. A questo punto il problema è risolto.

Torniamo in acqua e meno di dieci minuti più tardi ci arrampichiamo sulla banchina del porto di Sebastopoli. Ormai è fatta.

Ci siamo appena rialzati, e siamo fradici. Abbiamo appena nascosto il fagotto con i nostri vestiti del gruppo Gamma sotto un ammasso di avvolgi bobine sfasciate.

L'anconetano guarda il suo orologio e poi me.

È l'una e ventinove.

«Ci siamo» dice lui, senza emettere un fiato, solo col labiale, anche se non occorre.

Stiamo camminando verso l'ingresso tra i pochi portuali che si aggirano fumando per le banchine e ce l'abbiamo quasi fatta, non ci resta che uscire dal porto e filarcela, quando un tizio si mette a gridare che siamo stati noi. Ci viene incontro mentre il porto si gira nella nostra direzione. Una cicca di sigaretta cade sulle pietre, una grossa cima viene mollata a terra.

Il tizio ha in mano una piccola ascia da pescatore ed è in calzamaglia, e a piedi nudi. Dietro di lui, a pochi metri, un altro uomo si mette a correre.

Io ho addosso i suoi scarponi, le braghe e la sua maglia, Ettore, che porta la roba del primo, in verità un po' stretta per la sua corporatura, mi lancia uno sguardo. Non serve altro: io parlo russo quasi meglio di qualsiasi altra lingua, da sempre, perché per combattere il nemico lo devi capire. Grido che sono loro i ladri e noi i derubati, due pescatori assaliti nella notte. Noi siamo solo due fratelli, grido, mentre Ettore si mette a urlare come un cane con la rabbia.

«E lui è scemo».

«Come scemo?» Sghignazza il primo.

«Scemo» ripeto io «scemo dalla nascita. »

«Ma tu hai le mie braghe» mi urla il secondo.

«No tu hai le mie» - grido io di rimando mentre Ettore continua a ululare a dondolare come se non ci fosse con la testa.

In quella, all'una e trentuno e 29 secondi, il boato squarcia il cielo di Sebastopoli. La banchina trema, i cassoni vibrano. Non pare una bomba, ma un terremoto.

Non sentiamo sirene, ma vediamo il fuoco: una colonna alta venti o trenta metri e corpi che volano, la notte illuminata a giorno pieno.

Ettore, io, e i due pescatori derubati ci uniamo alla folla che sta correndo, marinai che si spintonano nella foga, gente che grida, tutti verso le banchine alla nostra sinistra, senza riuscire a dividerci. Dovremmo andare via, tagliare la corda e filarcela, ma veniamo trascinati dal gregge che si agita.

In soli tre minuti la *Giulio Cesare* si è già inclinata.

Una voragine di 48 metri quadrati si è aperta nel punto dell'esplosione che ha perforato otto ponti corazzati per erompere sul ponte, come un vulcano, per oltre trenta metri di altezza. I sismografi di tutta la Crimea si mettono ad oscillare come per un terremoto.

Il porto si è svegliato così come tutto il resto della città e ha iniziato a urlare mentre noi due, l'anconetano e io, invece di approfittare del trambusto per dileguarci, ci ritroviamo in mezzo al più maldestro e disorganizzato e dunque fallace di tutti i salvataggi.

Mentre la corazzata non fa che inclinarsi, nessuno pensa al fango. Anzi, la spostano pure, ma nel punto sbagliato. Vorrei dirglielo, di portarla via da là, perché il fondale è fangoso e la trascinerà giù nei suoi quindici venti metri di melma.

Se lo sapevamo noi quant'era il fondale, metro per metro, boa per boa, come era possibile che non lo sapessero loro?

Ma non potevo.

In meno di tre ore le acque di Sebastopoli brulicavano di corpi. In otto, dieci ore la conta avrebbe superato i seicento ragazzi.

Ragazzi, sì, non uomini. Noi eravamo uomini, non loro. Noi avevamo scelto i nostri destini perché potevamo farlo, loro no. Non sono morti da eroi perché nessuno gliene ha dato la possibilità: sono morti perché i capitani e gli ammiragli e i viceammiragli non conoscevano il loro stesso mare, né certo la nostra corazzata.

Sono morti perché chi doveva agire si è messo a litigare e chi doveva tirarsi indietro si è messo in mezzo.

Sono morti in 604 perché Ovcharov, il Capitano di primo rango a capo delle operazioni della Flotta russa, ha fatto trascinare la *Giulio Cesare* nel punto sbagliato.

Perché l'equipaggio ha allagato i ponti che custodivano le munizioni per evitare altre esplosioni.

Perché con un'inclinazione di quasi venti gradi già dopo una decina di minuti dal boato, il capo di Stato Maggiore della Flotta del Mar Nero, il contrammiraglio Nikol'skij, ha chiesto di far evacuare i marinai, ma il Viceammiraglio Parchomenko e il Viceammiraglio Kulakov gli hanno detto di no.

Sono morti in 604 perché alle ventidue del giorno dopo non erano morti solo i marinai intrappolati nella chiglia, o annegati dopo l'esplosione, ma anche i soccorritori.

Tutti loro, dal primo all'ultimo, li ha uccisi l'inettitudine e la propaganda, non la nostra bomba, non il tritolo, né l'acqua nei polmoni. E non mi pentii allora, né mi pento oggi: perché non può esistere pentimento, quando un peccato è un atto di fede, e la fede è vera solo se in ballo è la vita o la morte, senza purgatori. Quei ragazzi, figli del nemico, li invidiai: loro naufragarono per la Patria, noi salvammo la *pelle*, un'altra volta, ma solo per poter veder tornare i leopardi a cibarsi dei resti della nostra Patria.

Noi siamo tornati tutti, chi prima e chi dopo, ognuno di noi ha fatto ritorno alle rispettive esistenze e ai quotidiani naufragi.

I calzini bucati no, quelli sono rimasti sui fondali del Mar Nero in Crimea.

Era la prima volta che il sommozzatore dell'ex Regia Marina, poi Iª Flottiglia MAS e poi Xª Flottiglia MAS fondatore e leader della squadra di sommozzatori scelti Gamma raccontava di una delle sue imprese, la più innominabile, e risalente all'ottobre del 1955.

Nemmeno alla sua famiglia aveva mai detto nulla, né prima, né dopo la missione.

«Dove vai?» aveva chiesto la moglie.

«In viaggio. »

«Lavoro o piacere?»

«Piacere. »

«E dove?»

«Devo vedermi coi colleghi. »

Al padre aveva detto che sarebbe stato per un po' in villeggiatura.

Tre mesi più tardi, facendo visita al giovane Juanito nel suo letto d'ospedale, seppe di aver fatto bene.

«Grazie. »

«Di cosa, Juanito?

«Per i calzini. »

Il comandante, commosso, partì e non tornò mai più, ma Juanito, in quel letto d'ospedale, la sua *pelle* non la lasciò.

Bibliografia essenziale

- *Nikolaj Cherkashin, "Requiem per una corazzata"* (Реквием полинкору), ed. Смена, 1988 e "Il mistero della morte della corazzata Novorossiysk", ed. LitRes, 2021.
- Stephen McLaughlin, John Jordan, "The Loss of the Novorossiisk: Accident or Sabotage", Conways, London, 2007.

- Alexandre S. Duplaix e Peter Huchthausen , "Guerre froide et espionnage naval", ed. Nouveau monde, 2011 e 2013.

- Luca Ribustini, "Il mistero della corazzata russa. Fuoco, fango e sangue", ed. Pellegrini, 2018.

  (Al centro del lavoro di Ribustini c'è in particolare un'intervista del 2013 a Ugo D'Esposito, ex incursore del gruppo Gamma della Decima flottiglia Mas, esperto in codici cifrati, agente dei servizi segreti Italiani e tedeschi, in ottimi rapporti con Junio Valerio Borghese e amico fraterno del comandante degli incursori del gruppo Gamma, Eugenio Wolk).

- Articolo su 'Il secolo XIX': «<u>Nel '55, i servizi segreti Italiani affondarono in Russia la corazzata Giulio Cesare per conto della Nato</u>», 25 ottobre 2005.

(Secondo quanto pubblicato, i servizi segreti Italiani dell'epoca avrebbero agito per conto della NATO al fine di impedire che la corazzata appartenuta alla <u>Regia Marina</u> potesse essere equipaggiata dai russi di missili a testata nucleare ed i servizi avrebbero trovato gli esecutori tra i reduci della Decima Mas. Nell'articolo si parla di un uomo, un certo Niccolò, superstite di quell'impresa, che avrebbe raccontato ad un ex-ufficiale sovietico, conosciuto casualmente, i particolari dell'attentato).

- Peter Huchthausen (1939-2008), capitano della marina degli Stati Uniti d'America, pubblicò un articolo sulla vicenda: "*Espionage* or Negligence? A *Sinking Mystery*", Naval History (US Naval Institute), Feb. 1996.

(A seguito della pubblicazione di questo articolo, il figlio del Tenente di Vascello della Marina Militare Italiana, comandante del Gruppo Gamma, Evgenij Nikolaevič Volkov (1914-1995), naturalizzato Italiano con il cognome di Wolk, in data 4. 6. 1996 scrisse una lettera all'autore del testo dicendo che suo padre gli avrebbe confidato, dopo le supposizioni pubblicate sulla stampa Italiana nel 1992, che si trattava della "più grossolana ed offensiva cretinata apparsa nella stampa Italiana a proposito dell'affondamento dell'ex corazzata Italiana Giulio Cesare". Eugenio Wolk Jr. allegò alla missiva anche una copia delle righe originali di suo padre).

Uomini contro navi Pegolotti

Così affondammo la Valiant Garibaldi e Di Sclafani

Ringraziamenti

Ringrazio Gianluca, Roberta ed Emiliano per l'aiuto fondamentale, che mi hanno dato, nella realizzazione di questo libro.

Stampato per conto di
Youcanprint